O CANAL DE DOTONBORI

e outras histórias

O CANAL DE DOTONBORI

e outras histórias

GEORGE BORTEN

EDITORAS ASSOCIADAS

A Maria Angela Gontijo,
com amor e gratidão.

Sumário

O sorriso da aeromoça

É possível escrever sobre nada? Certamente, porque a linguagem é seu próprio mundo, e se nomearmos algo, alguma coisa foi criada, e algum sentido lhe será dado. Mesmo que seja muito tempo depois e por bem poucas pessoas. Até mesmo a falta de sentido é um sentido em si, uma agonia que permeia todas as coisas. Ninguém melhor do que Verlaine explicitou isso:

> *Estando sem Pátria e sem Rei,*
> *E sem ser lá muito valente,*
> *Eu quis morrer na Guerra,*
> *A Morte não quis saber de mim*
> (Paul Verlaine)

Nada, porém, será irrelevante. Nem mesmo a sensação de sê-lo. Se a vida nos parece sem sentido, será talvez porque, como proposto pelo Existencialismo, cabe a nós criá-lo, no dia a dia da nossa existência. Essa procura, essa construção incessante é o que nos distingue como humanos. Porque ser humano é descobrir que é a busca em si que é o nosso propósito. Neste caminho não há um destino, mas sim uma permanente viagem. Não haverá porto de chegada.

Senhores passageiros, curtam a viagem! É só o que temos para lhes oferecer. Não haverá despacho de bagagem. Nunca há. O que querem levar carreguem consigo. Se o conseguirem. Turbulências acontecerão. Mas não há com o que se preocupar, nada alterará o resultado final. "Viestes do nada e a ele retornareis", como todo bom filho que à sua casa torna. Mas, enquanto isso, que viagem! Não me digam que não está sendo interessante. Dolorido às vezes, mas sempre interessante. Mantenham os cintos apertados e não se iludam com o sorriso da aeromoça. A essência da viagem é não se sentir seguro.

O canal de Dotonbori

Fascinavam-me as luzes, à noite, do Canal de Dotonbori. Eram letreiros, anúncios luminosos, painéis de comunicação, naquele mesmo estilo de Ginza, em Tóquio. Só que aqui, em Osaka, a estreiteza do canal lhes aumentava a dramaticidade, o apelo visual. Sem falar na estética das letras/ideogramas japonesas que nosso sisudo alfabeto romano jamais atingirá. Também ajudava que os reflexos das luzes no canal acentuassem um lado mágico do local. Era uma área popular de lazer em Osaka, e o senhor Matsuda se espantou que eu quisesse visitá-la. "Tínhamos pensado em levá-lo a um famoso restaurante chinês aqui de Osaka", disse, consternado. Para os japoneses restaurantes chineses são símbolo de requinte, enquanto para nós são, muitas vezes, uma opção mais simples.

O senhor Matsuda indicou Kimura, engenheiro da fábrica, para acompanhar-me. O Kimura conhecia bem a área, me levou ao seu local preferido, na beira do canal, onde sentamos em uma mesa com uma chapa quente no meio, e os garçons traziam legumes, carnes, o que pedíssemos, e nós mesmos temperávamos e fritávamos na chapa à nossa frente, ao estilo de Osaka. Depois caminhamos ao longo do canal, fervilhava de pessoas, os salões de *pachinko* cheios, bares e restaurantes lotados. Viramos uma rua, e lá estavam os bares de *hostesses*, uma instituição japonesa onde os clientes pagam para as garçonetes sentarem em sua mesa e conversarem, mas os ocidentais não são aceitos. Kimura ia virar na próxima esquina, mas se deteve. O trecho era escuro, e dois homens de paletó e gravata, parados no meio da rua, nos olhavam com olhar duro. Usavam cabelo cortado curto e paletós aveludados escuros. Eu identifiquei logo que eram homens da Yakuza. "Melhor voltar pelo caminho que viemos", disse Kimura, "não nos querem aqui", completou. Voltei para o hotel, não sem antes termos tomado um trago de saquê, no meio do caminho.

No dia seguinte, estando sozinho, fui jantar no bar do Grand Hotel Osaka, onde eu estava hospedado. Era, na verdade, uma mistura de restaurante, bar e local de refúgio para expatriados, graças ao seu cardápio ocidental e seu ambiente informal. Ficava no subsolo e, pasmem, sua grande janela dava para a galeria de passagem dos usuários do metrô. Frequentemente, quando eu ia lá, formávamos uma mesa com Abdul, um comerciante da Arábia Saudita, importador de autopeças japonesas. Karen, americana, filha de dinamarquês, que casara com um japonês e morava em Osaka, e uma dupla de desertores iranianos que tinha fugido do conflito Irã-Iraque e estava tentando chegar, sem sucesso, aos Estados Unidos. Sem esquecer-se de Koichi, um japonês maluco, que gostava de conversar com estrangeiros e detestava as tradições do Japão. Então um dia juntou-se ao grupo a Myoko. Era japonesa, falava fluentemente inglês e vivia perguntando o que fazíamos no Japão, o que pensávamos sobre ele. Eu achava estranho uma japonesa ter tanto tempo disponível para falar com a gente assim. Estava muito interessada na vida do árabe e dos dois iranianos. Mas de si falava pouco, embora, pelas conversas, tivesse viajado o mundo todo. Ria muito, contava piadas. Koichi logo desconfiou dela e nos alertou: "Não é gente boa, fiquem longe dela". Um dia ela chegou acompanhada de quatro homens. Dirigiu-se aos iranianos e falou: "Vocês têm que nos acompanhar". Eles concordaram, de cabeça baixa, e seguiram-na. Myoko ainda se virou para mim, agora com um rosto de pedra, disse: "Isso aqui é a vida real. Não é o Canal de Dotonbori".

Dionísio

Eram duas horas da manhã quando seu ônibus fez uma parada. Ele foi o único a descer, pois o destino final do ônibus era em outra cidade, bem mais distante. Caminhou sozinho pelas ruas vazias, sem chamar a atenção, como era o seu objetivo. Chegou ao hotel, pequeno e decadente, com uma entrada estreita no térreo onde, numa cadeira velha, estava recostado o porteiro noturno. Atrás dele a escada acentuada levava ao segundo andar, onde ficavam os quartos. Uma moça, muito pintada e de saia curta, que estava conversando com o porteiro, sorriu para o viajante.

Após dar um nome falso e pego a chave, o viajante subiu as escadas, mas notou que a moça subia atrás dele. Virou-se rápido, e a moça disse, com um largo sorriso: "Me chamam de Gláucia. Quer que eu fique com você?". Ele a olhou demoradamente e, sem dizer nada, indicou com a cabeça que o seguisse. Entraram no quarto, que tinha um cheiro de velho, móveis baratos, um espelho quebrado em cima de uma pia com torneira pingando e janelas de quadrantes, com gelosias.

Enquanto ela o observava, ele depositou sua maleta sobre uma mesinha, retirou cuidadosamente uma pistola, e a estava manuseando, quando ela perguntou, curiosa: "O senhor faz o que na vida?". Ele respondeu, abrindo um sorriso torto que exibia dois dentes de ouro na sua boca e falando mansamente: "Sou um pistoleiro. Sou chamado de Dionísio".

Ela o ficou observando, era um homem mais velho, franzino, de estatura média, com um rosto genérico, estreito e longo, de lábios finos e olhos apertados, um tipo comum, e que jamais chamaria a atenção pela aparência.

Os dois ficaram calados por um tempo, olhando cautelosamente um para o outro. Ele então a abraçou, e fizeram um amor convencional e apressado, como um alívio para os dois. Ele adormeceu e, quando acordou, lá estava ela ao lado, com o olhar fixo nele. Ele caíra no sono ao lado de uma pessoa estranha, que sabia quem ele era. Uma falha imperdoável de segurança, ele pensou. Ao se olhar no espelho trincado do quarto, se viu como o verdadeiro velho que se tornara.

Este seria seu último serviço, não deveria tê-lo aceito, mas um compadre seu lhe tinha pedido, e ele não pôde negar, pois lhe devia grandes favores. Considerava-se o último verdadeiro pistoleiro de sua região. Eram os anos 70, todos os outros tinham sido presos ou mortos pela ação do Capitão Cláudio, que jurara acabar com todos eles.

Hoje em dia só havia amadores, que matavam e, alguns dias depois, estavam em um bar contando vantagens sobre o que haviam feito, após alguns goles de pinga. Eram facilmente presos e logo confessavam o nome de seus mandantes. Mas Dionísio era da linhagem antiga. Eles sabiam sumir por longo tempo e jamais entregavam seus mandantes, os que haviam encomendado a ação e, por isso mesmo, eram valiosos.

Agora ela é que adormecera e, quando acordou, viu que Dionísio estava de pé, arrumado e olhando para ela, e parecia, talvez, que houvesse algo de ternura naquele olhar, se é que isso fosse possível naquele rosto duro. "Tenho que ir", disse ele, "Tenho que executar minha missão, acho que você deve desaparecer por uns tempos, pode haver perguntas".

Ela então perguntou: "Vai ser onde?". Ele hesitou, mas, após alguns segundos, falou: "Na Praça da Matriz. Quando o meu alvo vai à Missa, vai desacompanhado, conforme meu olheiro apurou. Ao sair da missa e pegar seu carro, estará vulnerável. É quando o pego. Mas se eu me aproximar dele com você, como um casal, é menos provável que ele desconfie. Você me seria útil. Quer vir? Será recompensada".

Ela demorou a responder, mas então disse: "Quero ir com você. Minha vida é uma droga mesmo, então topo tudo". Ele a olhou incrédulo e então falou: "Cada um sabe de si mesmo. Você quer vir, você venha. Mas é muito perigoso. Vem assim mesmo?". Ela deu de ombros e sorriu, fazendo sim com a cabeça.

Na manhã seguinte a reportagem do jornal local descreveria como o Capitão Cláudio conseguira interceptar Dionísio, no vasto pátio ensolarado, em frente à Igreja Matriz, no momento em que ele se aproximava da quase vítima, um conhecido fazendeiro da região, que ia à missa aos domingos, sempre no mesmo horário.

O porteiro noturno do hotel tinha avisado o Capitão, que seguira furtivamente o pistoleiro de aluguel até perceber que ele iria entrar em ação. No tiroteio que se seguiu Dionísio fora mortalmente atingido. Assim o jornal local se referia à Gláucia: "... uma moça da cidade, que o acompanhava, foi atingida também e foi a óbito".

Uma coluna inteira fazia um retrospecto das façanhas do Capitão Cláudio que, de acordo com o referido jornal, completara: "... a erradicação dos pistoleiros de aluguel na nossa querida região". Alguns meses mais tarde, uma nota do mesmo jornal informava que a identidade de Dionísio nunca fora elucidada. Nunca se teve certeza de quem ele realmente era. Ninguém reclamou o corpo, assim ele foi enterrado como indigente. ♦

O concerto de piano

No palco, um piano de cauda, iluminado por um foco de luz amarela, parecia aguardar, com impaciência, a intérprete da noite, a conhecida Srta. K., a qual nos brindaria com a música divina de Ernesto Nazareth, o grande compositor brasileiro de chorinhos.

Mas quem entrou no palco foi um homem de ombros curvos, longilíneo e magro, em um terno surrado, que, se portando à frente de palco, começou uma explanação emocionada sobre a vida e obra do grande compositor. Considerar-se-ia a grande atração da noitada? Pode ser. Os espectadores, impacientes, já consultavam seus relógios, quando ele atingiu o ápice de sua peroração, falando da loucura que acometeu Ernesto Nazareth ao final de sua vida. "Senhores e senhoras, ele enlouqueceu, teve de ser internado em um hospício!", falou, quase gritando. E acrescentou que Ernesto um dia sumiu do hospício. Todos o procuraram, mas em vão. Pensaram que ele tinha fugido. Funcionários do hospício começaram a notar um gosto estranho na água. Mandaram verificar a caixa d'água.

Lá encontraram o cadáver de Ernesto Nazareth, que visivelmente morrera afogado. E agora nosso apresentador encerrava, dramático: "Morto, na água, com os braços estendidos, com as mãos abertas, os dedos esticados, como se estivesse tocando um piano imaginário!".

Com esse final, a plateia atônita, sabe-se lá por que, começou a aplaudi-lo. Ele foi se retirando, parecendo feliz e talvez achando que sua vida, naquele momento, tivesse tido algum sentido.

Finalmente entrou no palco a conhecida pianista. Era gordinha, baixinha, demorou a acertar a banqueta e então começou a tocar piano. Uma alça comprida de seu vestido ameaçava cair a todo instante, expondo mais que a sua arte, mas ela sempre conseguia puxá-la de volta, entre dois acordes, acrescentando um elemento inesperado de suspense à apresentação.

Terminada a belíssima apresentação, foi a Srta. K. alvo dos costumeiros e entusiasmados aplausos. Um grupo que pedia "bis", que estava concentrado em um ponto da plateia, parecia ser de seus familiares, pois ela acenou várias vezes em sua direção. Eis que famílias extensas são particularmente úteis nessas situações.

Um menino novo e franzino levando um grande buquê de rosas aproximou-se do palco e começou a atirar rosas para ela. Atirar rosas a uma artista é uma maneira muito poética de enaltecê-la, mas tinham se esquecido de explicar ao menino que isso significava lançar rosas aos pés da artista.

Entusiasmado, e levando ao pé da letra as instruções recebidas, eis que o menino começou a atirar as rosas, uma a uma, com certeira pontaria, diretamente sobre nossa querida intérprete, acertando todas, levando-a a ter de sair correndo do palco. "Fiz o que me pediram", diria ele depois.

Um final um pouco desconcertante, mas todos hão de concordar que, sim, a Arte tem muitas funções, e divertir a plateia não seria mesmo um de seus grandes atributos? Porque devo dizer que eu estava lá e me diverti muito, embora reconheça que o fiz com algum sentimento de culpa.

A grande ilusão

Macedo insistia que aquela era uma ONG ligada à CIA. Mas Rafa, o esquerdista baiano, retrucava: "Dane-se. Estão mandando a gente para os Estados Unidos, para ficar de graça por trinta dias, podem me analisar à vontade". De graça, até injeção na testa, concluiu. Éramos cem universitários, do Brasil todo, selecionados por testes, que aconteciam todos os anos, por essa ONG.

Fiquei hospedado em Boston, na casa de uma família americana, de tendência política liberal. Era uma época muito rica em acontecimentos. Nos Estados Unidos aconteciam luta pelos direitos civis, feminismo, libertação sexual, pacifismo, cultos orientalistas, hippies, nativismo. Tudo estava em efervescência. Tudo era questionado. Foi um privilégio estar lá e ver o surgimento do que parecia ser um Novo Mundo. Eram os anos setenta, um momento de sonhos, mas de anarquia também.

Convidaram-me para assistir ao show de Ike e Tina Turner no estádio de Boston. Pelos alto-falantes dava-se o recado: "Negociamos com os porcos, eles vão ficar do lado de fora. Portanto nós, os jovens, vamos manter a ordem aqui dentro. Não aceitem provocações". Nós, os jovens!? Era estranho. A fumaça de maconha enchia o estádio. Tina Turner assumiu o palco, e foi aquela vibração, aplausos e gritos histéricos. Alguns anos depois, viriam a fama e a consagração geral.

Depois do show, fomos para o Charles Square em Boston. Ali todas as tribos estavam reunidas. Grupos improvisados tocavam, e a multidão de hippies e congêneres dançava descoordenada. À meia noite, a polícia rodeou e mandou esvaziar a praça.

A maioria saiu, mas os que ficaram continuaram a dançar mesmo sem música. Os guardas dirigiam com seus carros, devagar, sobre a grama do parque, fazendo círculos, intimidando os remanescentes. Mas eles continuavam a dançar, formando cordões, serpenteando em volta dos carros de polícia, todos em silêncio, mas correndo e pulando, alegres como bandos de duendes. Era uma cena surreal. Aos poucos, saltando e dançando, todos se dispersaram e desapareceram no silêncio da noite.

No dia seguinte, o Macedo chamou a gente para conversar com dois hippies de quem ele tinha ficado amigo. Tínhamos no Brasil, naquela época, a ideia do movimento hippie como só de paz e amor. Conversamos horas. Espantou-me o nível de revolta dos dois contra a sociedade. O mais velho, apelidado de "Red", uma hora nos mostrou uma faca que ficava escondida na sua bota. Falou que era para atacar a polícia. "Será no próximo sábado", avisou. Achei uma brincadeira. No sábado seguinte, houve uma grande manifestação na Charles Square. Os hippies atacaram os guardas e tocaram fogo no comércio em volta. Na foto do jornal, subjugado no chão, estava o Red. Falou e fez.

O Macedo, que fazia jornalismo, decidiu: "Não vou voltar com vocês. Vou ficar aqui e acompanhar esta revolução". Ficou, esteve em Woodstock. Depois foi para a Califórnia. Morou nas ruas, em acampamentos. Estava em Altamont quando um dos Hell's Angels, que tinham sido contratados como seguranças, esfaqueou um espectador no show do Rolling Stones. "Aquilo foi o fim", dizia quando o encontrei anos depois. "O sonho acabou, e em violência", dizia desconsolado. Perdera as ilusões. A última notícia que tive dele, trabalhava como subsecretário do Ministério da Educação. Acho que lidava com programas de alfabetização de travestis, ou alguma coisa assim.

Carta ao meu querido avô

Hoje, com muitas saudades, lembrei-me de quando tu me explicaste o estilo neogótico da Igreja Nossa Senhora da Paz, em Ipanema, projetada e construída por ti. O estilo gótico é sombrio, simbolizando penitência e reverência, à espera da redenção, com a luz vinda apenas dos vitrais, a imagem do Senhor. Assim a luz divina se anuncia em meio às trevas, colorida pelos vitrais, simbolizando o efeito de uma luz espiritual, de um mundo acima do nosso. Era o que o homem medieval sentia ao ver essa luz, como uma mágica, como uma parte da divindade. Hoje em dia esse efeito se perdeu diante do nosso olhar moderno saturado de luzes artificiais e excesso de imagens e cores.

Dedicaste-te à arquitetura naquele momento do ecletismo, do "revival" neoclássico, neogótico, neorromânico, que seria varrido pelo modernismo, que tu nunca aceitaste. Lembro-me quando repreendestes Niemeyer por estar destruindo a verdadeira arquitetura. Acho que não aceitarias que eu gostasse das obras dele, e peço que me perdoes. Mas tinhas razão, pelo menos em parte. O modernismo original envelheceu muito rápido, perdeu sua aura mágica, convive domesticado e híbrido com os estilos que criticara.

Querias as formas antigas, consagradas, mas renovadas pelo uso do concreto armado, pelo cálculo estrutural complexo, pelas estruturas metálicas ousadas. Tu foste fiel às tuas origens e pagastes o preço. Os valores antigos em estruturas novas? Tu sonhaste o sonho impossível. Hoje somos modérnos, mas sem valores.

Tu querias um cristianismo profundo, místico, porém sóbrio, contido. Entendo-te, embora não possa concordar com as passeatas que participastes em Lille, contra o ensino laico. Mas é verdade que adivinhastes o que aconteceria depois. Detestavas a vulgaridade, e ainda bem que não vivestes tanto para presenciar a vitória quase total dela.

Hoje em dia padres esquerdistas dançam axé nas missas em igrejas que são galpões superiluminados. Os medíocres venceram como tu previas. Eles sempre vencem, no final. A falta de berço lhes dá asas.

Mas não me tornei um conservador como tu sonhavas. Simplesmente não foi possível, pois o mundo atual não o permite. Se visses os que se intitulam como conservadores hoje em dia também concordarias comigo. Mas não é verdade também que tu sempre insististe que deveríamos ser fiéis a nós mesmos? Que devemos seguir nosso próprio caminho?

Quanto aos teus "tenentes", em quem depositavas tantas esperanças, voltaram. Não daqueles que tu conheceste, cultos e educados, como o General Juarez Távora e o Brigadeiro Eduardo Gomes, que frequentavam teus salões, mas uns tipos bem mais toscos, enfim foi o que foi possível conseguir-se nos tempos de hoje. Para neutralizar os tolos de lá produzimos os nossos próprios tolos de cá. Tempos sem nobreza d'alma, se esta expressão ainda faz algum sentido...

Onde estiveres, abraços do teu neto.

Estive em Cambuquira e lembrei-me de você

Existem férias para se agitar e férias para se acalmar, não fazer nada. Em certa época da minha vida, e isso faz tempo, eu ia a Cambuquira para retomar a paz, não fazer rigorosamente nada. A cidade ajudava, ao contrário da efervescente Caxambu, ou da turística São Lourenço. Tinha, é certo, seu parque de águas, embora menos pomposo que suas congêneres, e, acima de tudo, seu Grande Hotel, que já tivera seus dias de glória, na época dos cassinos, e era conduzido com dignidade e saudosismo, pelo seu então proprietário, Seu Fernando, um fazendeiro local, viúvo, e que adorava dirigir o próprio hotel. Ele trazia produtos da sua fazenda e, a maior parte das vezes, ele mesmo os preparava, com ajuda da sua fiel Geralda, mestra dos temperos. Eu ficava ali em pensão completa, não havia nem mesmo o trabalho de procurar restaurantes. Fora os doces e as frutas, impecáveis. Ficávamos, ao anoitecer, na varanda do hotel vendo passar os carros, um a cada meia hora, quando todos se viravam, acompanhando-o com o olhar. Seu Fernando às vezes se juntava a nós, e aquele papo lento, intercalado, mineiro, ia longe. Foi num desses dias que Seu Fernando me falou do Italiano.

Tinha lhe perguntado de onde vinham as frutas do hotel, e ele me falou que a maior parte vinha do Italiano. Fiquei curioso, um italiano em Cambuquira, era uma novidade. O senhor Fernando me contou então que o Italiano e sua esposa tinham um sítio perto onde cultivavam frutas. "Ele vem todo domingo, o senhor vai ver ele amanhã."

De manhã cedo, de fato, chegou em frente ao hotel uma carroça com frutas, conduzida pelo próprio Italiano. Era um homem rosado, alto, corpulento, cabelo branco, não parecia à vontade conduzindo a carroça. Tentei conversar com ele, mas ele não estava muito disposto a falar. Expliquei que ia embora quinta-feira, será que eu podia passar no sítio dele para comprar algumas frutas, no dia da partida? Ele respondeu com um seco "sim". Foi então que me dei conta que o sotaque dele tinha algo de alemão.

No dia combinado me despedi do Seu Fernando, que me passou um mapa para o sítio do Italiano e me alertou: "O Italiano é meio esquisito mesmo. Não é de muita prosa".

Chegando lá fui recebido pela esposa do Italiano, ela me mostrou as frutas disponíveis, e eu fui escolhendo. Depois de algum tempo o Italiano aproximou-se, arredio, parecia tenso. Querendo ser simpático, falei assim, ao acaso, sem pensar muito: "Meu pai me pediu para investigar lugares bonitos em Minas, ele certamente virá aqui um dia e terá prazer em encontrá-lo".

Ao contrário do que eu esperava, essas palavras surtiram o efeito oposto. O dito italiano empalideceu, pareceu entrar em pânico, deu um passo para trás. Murmurou algo em alemão, que eu entendi como: "São eles!". Sua mulher ficou acalmando-o, discretamente, com umas batidinhas de mão no seu braço, esforçando-se para sorrir. Ela parecia querer explicar que aquilo não era o que ele pensava que era. Não sabendo o que fazer, confuso, apenas peguei minhas frutas, paguei e saí. Mas essa cena nunca mais me saiu da mente. ♦

Svein Berg chegou cedo

Svein Berg chegou cedo, como sempre, ao seu trabalho. Estava escuro, era dezembro, e entre a enxurrada de pessoas deixando seus carros no estacionamento, ele podia reconhecer seus colegas de trabalho, a maioria dos quais ele conhecia pelo nome. Todos eles caminhando em direção à entrada em um ritmo acelerado, já que estava muito frio.

Deveria ter sido um dia normal de trabalho, sem surpresas especiais. Enquanto caminhava pelo corredor até o escritório, duas senhoras na máquina de café se viraram para olhá-lo, pararam de falar e depois retomaram a conversa. Era quase imperceptível, mas não para Svein. Por sua formação, ele conhecia os comportamentos rotineiros esperados, e qualquer pequeno desvio causava grande alarme. Tal sensação de desconforto ficou patente quando ele se sentou à sua mesa do escritório e começou a trabalhar. Algo estava errado, mas o quê?

Outro sinal veio quando ele estava prestes a sair à tarde. Sua secretária, Sra. Bragstad, acrescentou à sua despedida habitual uma fala estranha: "Você realmente não precisa de mais nada?" Não, ele respondeu, mas então ele soube com certeza que estava em algum tipo de encrenca que as pessoas sabiam, mas ele não.

Enquanto dirigia para casa, a ansiedade se apoderou dele. O casamento com Lisa não estava em boa fase, mas ele achava que ambos estavam determinados a segurá-lo. Mas quando ele abriu a porta de casa, foi recebido com silêncio. Pelo menos as crianças deveriam estar lá, mas não estavam.

Ele checou seu celular: sem mensagens. Ele preparou alguma comida para si mesmo. Ele esperou, mas nada aconteceu. Em seguida, uma mensagem do aplicativo de Lisa: "Acabou, Svein. Eu não aguento mais. Eu quero o divórcio. Saia da casa hoje, as crianças precisam da casa. Encontre um lugar para ficar. Seja racional, seja razoável". Ele não pressentiu que isso aconteceria! Ele sentiu como se tivesse sido atingido por um soco no estômago. Mas todos pareciam estar sabendo!

"Você é um sonhador", seu pai uma vez lhe disse: "Você enxerga os detalhes, mas não o essencial!" Ele pegou a garrafa de uísque, tomou uma dose completa. Que tolo ele tinha sido. Uma segunda dose seguida e uma terceira, e assim por diante. "Ok, vou mostrar a ela". Ele arrumou uma pequena mala com alguns pertences, ligou para Gustav, um de seus amigos. "Sim, Svein, você pode ficar conosco por alguns dias", disse ele, e depois acrescentou: "... talvez até uma semana". Ele nem parecia estar surpreso. Ele sabia! Todos sabiam de tudo. Bastardos!

Hora de ir à casa de Gustav. Mas Svein percebeu que tinha bebido demais, não podia dirigir. Ele deveria pegar um táxi, mas Svein já não estava muito racional e decidiu pegar um ônibus. Ele saiu da casa, arrastando a mala. Estava um pouco frio. As luzes da aurora boreal dançavam lentamente no céu. Svein pensou: "Até elas estão zombando de mim!".

O ônibus apareceu, mas, estranhamente, parecia estar excessivamente iluminado, algo fantasmagórico. Isso fez Svein se lembrar de um conto, escrito por Robert Bloch, que ele havia lido quando jovem, chamado de *O Trem para o Inferno*.

Ele subiu para dentro do ônibus com sua mala. Várias paradas depois, quando ele desceu, imediatamente percebeu que havia esquecido sua mala dentro do ônibus. Ele se virou e tentou voltar, mas a porta se fechou, prendendo suas mãos. O ônibus começou a se mover. Isso não poderia estar acontecendo! Ele estava sendo arrastado pelo ônibus! Ele fez um último esforço jogando toda a sua força em seus pés, mas apenas conseguiu ser jogado ao ar e acertar um poste de luz. Quando ele recuperou a consciência, ele apenas notou duas figuras desfocadas ao redor dele. "Que pena, tão perto do Natal", disse uma delas. "Não haverá Natal para esse cara", disse a outra. E essa foi a última coisa que Svein ouviu.

O pretendente

Marisa tinha agora um pretendente, o engenheiro da Estrada de Ferro Central do Brasil, o mineiro Honorato Sampaio. Diziam até que ele seria promovido a assistente do vice-presidente da empresa! Que honra seria!

Honorato era um bom candidato a genro, para Dona Clotilde, pois tinha 36 anos enquanto Marisa completara 21 anos, o que era considerado uma ótima coisa, um homem mais maduro para cuidar de uma moça viçosa, mas ingênua. É lógico que isso criava um problema, pois casar a filha mais nova deixava a mais velha, Manuela, desprestigiada, e a caminho de virar solteirona, ainda mais por chegar aos 26 anos sem ter-se casado.

Honorato se interessara pela Marisa, e um pouco menos por Manuela, as quais conhecera em um baile na Embaixada da França, cujas festas eram muito requisitadas pelas moças do Rio de Janeiro, como a fervilhante capital do Brasil, nos idos de 1930. Marisa, com as posturas do seu leque, no código das moças da época, certamente lhe comunicara seu interesse.

O fato é que Honorato tinha pedido uma visita formal aos pais de Marisa, Dona Clotilde e Seu Antenor.

Previsivelmente haveria um pedido de casamento, conforme o costume. Havia, portanto, uma grande agitação na mansão dos Limeira Couto, na beira da praia, nesse recém-criado bairro de Copacabana.

Chegada a hora, um bater de palmas lá fora indicou a chegada de Honorato. Dona Clotilde incitou as servidoras do lar a atender à porta. Elas se adiantaram, brejeiras, aos risos, uma perguntando para a outra: "Será que o mineiro vem de botas?".

Eis que o pretendente irrompe, elegantíssimo, tirando o chapéu, e sendo saudado por Dona Clotilde: "Bem-vindo, Doutor Honorato, a casa é sua". Os familiares, que tinham chegado antes, já estavam todos sentados na sala, sendo o lugar de honra reservado para o pretendente. Marisa e Manuela foram instruídas a se manter no segundo andar. Antenor sentara-se mais distante, enfiado em uma larga poltrona e resignado, pois Clotilde lhe dissera antes: "Sente-se e fique calado. Eu conduzo a conversa".

A conversa começou amena e genérica, falava-se de como Copacabana crescia cada vez mais, depois da construção do túnel que ligava o centro do Rio a esse bairro. Serviu-se chá e os doces de costume. Clotilde analisava seu alvo, constatou que Honorato era muito tímido, enrubescia fácil, melhor para ela.

Uma hora a conversa diminuiu, e Clotilde soltou: "Mas, Doutor Honorato, qual assunto sério o trouxe aqui?". Ele demorou, gaguejou e por fim disse: "Vim pedir a mão de sua filha em casamento". Clotilde percebeu que ele não falara o nome. Ele também percebeu, mas agora à timidez se juntara a gagueira. "Ma... Ma...", balbuciou ele, mas Clotilde disse, rápida como um raio: "Manuela!". E então, em sequência, gritou: "Manuela, desça! O Doutor Honorato quer falar com você".

Antenor afundara-se na sua poltrona, só se viam seus joelhos. Honorato tentava corrigir, se atrapalhava: "Mar... Mar...". E a impiedosa Clotilde, fingindo que não entendia: "O senhor não podia ter feito melhor escolha. Manuela é a mais prendada das minhas filhas!".

Manuela, a mais velha, a que não estava em questão, surgiu então radiante, embora com ar de surpresa. Honorato tinha ido além do enrubescido, ficara roxo, suava e perdera toda a resistência.

Mas não dizem que Deus escreve certo por linhas tortas? Pois Manuela e Honorato casaram-se e foram muito felizes. A timidez do varão não foi ruim para seu próprio destino e nem para o de Marisa, que, jovem e bela, nem se importou e, por sua vez, logo arrumou outro noivo, um rico industrial fluminense, com quem acabou se casando.

A resistência

Meu tio me falou: "Conversa com o Knudsen, ele foi da Resistência." Tínhamos acabado de jantar na casa dele, e era uma grande oportunidade de conversar com alguém que tinha feito parte da Resistência. O Sr. Knudsen era alto, magro, uma vasta cabeleira grisalha, um rosto ossudo e comprido. "Então você quer que eu fale da Resistência", me disse com seu olhar azul e frio, interrogativo e completou: "O que aconteceu, aconteceu". Ficou uns tempos mirando o fiorde, na luz crepuscular, não sei se ele falaria ou não. Então se virou para mim e disse: "Vou te contar um caso; apenas um".

O Dr. Knudsen, na época da invasão alemã à Noruega, era um jovem médico na região dos fiordes. Os alemães controlavam tudo, e fiscalizavam especialmente a costa, por medo de incursões inglesas. A maior parte dos barcos tinha a navegação controlada e restrita. Algumas exceções eram feitas. Considerando que no inverno a maioria das pequenas comunidades na beira dos fiordes ficava inacessível por terra, o Dr. Knudsen, por ser médico, recebeu permissão para deslocar-se continuamente de barco. Por causa disso, foi incumbido pela Resistência de fazer o contrabando de armas para o movimento.

Ele recebia as instruções com coordenadas de latitude e longitude, dia e hora, geralmente de noite. Ele e seus dois companheiros tripulantes chegavam ao ponto combinado e esperavam. De meia em meia hora piscavam a lanterna. De repente, na escuridão, uma luz piscava de volta. Lentamente a silhueta de um submarino se delineava. Chegando perto, alguns tripulantes do submarino enchiam um bote de borracha com os caixotes de armas e os levavam até o barco do Knudsen. Havia uma breve confraternização entre os ingleses e os noruegueses. Os noruegueses aproveitavam para trocar rápidas palavras e fumar cigarros ingleses, pois na Noruega ocupada havia falta de cigarros. Depois se despediam, e logo o submarino inglês partia e submergia.

Naquele dia Knudsen e sua carga voltavam para sua rota original, quando foram vistos por uma patrulha alemã, em uma lancha armada. Amanhecia, e Knudsen sabia perfeitamente que de longe os alemães já estariam olhando através de binóculos. Qualquer movimento suspeito levaria a uma revista detalhada e as armas seriam encontradas. Era preciso ficar calmo e quieto. Foi com horror que notou que a guimba do cigarro inglês caíra no chão na sua frente. Não era possível ter um cigarro inglês na Noruega ocupada. Deu um passo à frente e pisou na guimba. Os soldados alemães agora subiam a bordo, Knudsen cumprimentou-os e foi correspondido. Não se mexia. Os alemães olharam o convés minuciosamente, deram uma olhada rápida no porão, se despediram e foram embora.

O Dr. Knudsen, terminado o relato, armou seu cachimbo e tirou umas baforadas. Disse-me: “Vamos mudar de assunto, a guerra é tão triste”. Mas eu, de forma totalmente inconveniente, acrescentei: “As armas que o senhor trouxe naquele dia mataram quantos alemães, o senhor acha?”. Um longo silêncio, mais algumas baforadas, os presentes perplexos com minha falta de tato. Ele agora me fitava diretamente com olhos de aço. Disse-me: “Uns duzentos, talvez. O senhor não quer mais café?”.

O aeroclube

Era um domingo chato, nada para fazer, quando me chamaram para conhecer o aeroclube. Por que não? Então fui. O aeroclube ficava em um pequeno planalto, com instalações simples, poucas pessoas. O céu, sem nuvens, estava com aquele azul escuro de abril, parecia uma redoma sobre o aeroclube.

Um pequeno avião Cessna monomotor de asas altas estava fazendo evoluções, de repente saltou alguém do avião e um paraquedas se abriu: era um dia de saltos. Logo a aeronave aterrissou, e o piloto, um jovem de 20 anos, desceu e caminhou em nossa direção, alegre e sorridente, chamava-se Franklin. Mas logo tomou uma bronca do instrutor Ferraz, um senhor magro e careca, que era também o supervisor do aeroclube. Eles se afastaram de nós, não ouvi direito a conversa, mas tenho impressão de ter ouvido Ferraz usar a palavra "rebelde". Por que a imagem dessa cena marcou-se de maneira tão nítida, como um filme, na minha memória? Não sei explicar.

E os saltos continuaram. O avião decolou novamente, agora era um casal de italianos de meia idade que iria pular. O italiano saltou bem, mas sua mulher pulou antes da hora e foi descendo em direção a um grupo de casas. Ficou presa em uma árvore, e todos correram para ajudá-la. O primeiro a chegar foi o Santos, jovem que era do exército e tinha porte atlético. Subiu na árvore e conseguiu soltar, com cuidado, os cabos que a prendiam, conseguindo descê-la até o chão, sã e salva.

E tinha também a Juliana. Longos cabelos loiros, tímida, baixinha, com um boné enfiado fundo na cabeça, era a namorada do Franklin, o piloto. Ela operava o rádio do aeroclube, e também cuidava de um pequeno balcão que vendia café e refrigerantes.

Eu ia voltar na semana seguinte, mas, por algum imprevisto, não pude ir. Depois me relataram o que aconteceu. Franklin pegou o avião e começou a fazer acrobacias em cima do aeroclube. Ferraz ordenou pelo rádio que ele voltasse. Mas ele não obedeceu. Ferraz corria desesperado pelo campo, gritando inutilmente: "Volta, volta!", mas Franklin não voltaria.

Posicionou-se para fazer um rasante por cima do hangar. Vinha veloz, parecia a todos que ia dar certo. Mas não deu tempo. O trem de pouso atingiu o teto do hangar, o avião virou-se e caiu, explodindo no chão como uma bola de fogo.

É o que me contaram, porque eu mesmo nunca mais quis voltar ao aeroclube.

Quarteirão 14: que tiro foi esse?

No Quarteirão 14, onde ficavam alguns setores operacionais, o ambiente externo dominado pela poluição da Cidade Industrial era muito difícil. Uma direção de vento soprava o cheiro forte de um matadouro da região, outra trazia a poeira da fábrica de cimento próxima, e uma terceira direção de vento trazia um pó escuro da siderúrgica não muito distante – este, sim, o que era considerado realmente perigoso para a saúde.

O ambiente interno lá também deixava muito a desejar, povoado por um grupo eclético de pessoas com identidades mal definidas, vítimas de suas biografias estranhas e, talvez por causa disso mesmo, cheias dos direitos e das emoções. Algo assim na linha do *lumpen* de Marx...

Havia, como resultado, uma contestação anárquica, difusa e marcada por comportamentos grotescos e infantilizados. Os problemas ocorriam do nível mais simples até ao nível técnico. Acima ficavam os engenheiros e a gerência, sujeitos às pressões vindas de baixo. Esse conjunto heterogêneo, instável e mal costurado, funcionava aos trancos e barrancos.

O estilo gerencial da área não ajudava em nada, baseado em se achar que "com educação e cortesia, prevaleceremos", algo ineficaz para lidar com os técnicos mais antigos, matreiros, manipuladores e mal-intencionados. Na época os salários das outras empresas eram muito superiores, então enquadrar o pessoal levaria a uma debandada geral (eram outros tempos!). Então ficava assim, um finge que manda, outro finge que obedece, e estamos conversados. Mais longe, na sede, é claro que a Grande Empresa era outra, como também o era no interior e nas grandes obras.

Como o Zé da Guia, um matuto alourado, que certo dia não veio trabalhar. Apareceu no dia seguinte como se nada tivesse acontecido. Quando o interpelei, falou-me que acordara de mau humor e achava que: "Não teria sido bom para ele e nem para a empresa que tivesse vindo trabalhar." Aí eu lhe perguntei: "Não teria sido bom você ligar e avisar que não ia vir?". Ele respondeu "É, pode até ser, mas nem pensei nisso". Relatei às instâncias superiores, e a resposta foi: "Deixa pra lá".

E então houve o caso estranho de um eletricista, ao qual tinha sido alocada uma mesa na sala dos engenheiros, por falta de espaço. Era um elemento baixinho, roliço, pegajoso, apelidado de "Botijão". Metia-se em nossas conversas sem pedir licença, ansioso e até servil. Um dia perguntou-me se eu iria a sua casa um dia. Pergunta desconcertante e inadequada, mas, por educação, respondi-lhe: "É... quem sabe, um dia...".

A partir daí o dito cujo espalhou aos demais que eu tinha aceitado um convite para ir à casa dele. Era um sinal de alerta, mas o pior estava por vir. Um dia, sentou-se na cadeira à frente de minha mesa, sem ser convidado, e começou a fazer uma longa arenga contra a gerência e os engenheiros da área, incitando-me a ficar do lado dos técnicos. Uma fala tão constrangedora e sem noção, que tive que chamar sua atenção e relatar o ocorrido à chefia. Fez cara feia.

No dia seguinte veio trabalhar com uma arma escondida na sua pasta e falou para alguns colegas que ia me dar um tiro, pois sentia ter sido humilhado por mim, sabe-se lá por quê. Foi interceptado a tempo. A gerência botou panos quentes, abafaram tudo como sempre se fazia por lá. Botaram o rapaz de férias prolongadas, chamaram o RH, que, inútil como de hábito, não fez nada. Foi a gota d'água, não dava mesmo mais para ficar lá. Não era a minha praia, não tinha estudado psiquiatria.

Apareceu uma vaga em outra área. Claro que não era nada animador que o ambíguo chefe dessa área tivesse o nome de um dos velhos autocratas socialistas. O mesmo afirmava que entrara na empresa para "se tornar um diretor e não um medíocre", embora eu ache que, na realidade, ele conseguiu conciliar muito bem as duas opções.

Mas a entrevista foi mesmo com um subchefe. Este, como era óbvio, jamais chegaria a diretor. Tinha um estilo "grosso rural", rude e limitado, com aquela falsa simplicidade mineira que pode esconder tanta coisa.

É evidente que não se podia exigir muito das nossas chefias, a maioria de baixa extração, como convêm aos nossos tempos ultrademocráticos. De qualquer maneira acho que isso merece ser adicionado à lista dos comprovados malefícios provocados pelo êxodo rural. Às vezes não é uma estrada que falta, o que falta mesmo é uma porteira...

"Você entende algo de inglês?", perguntou-me o dito cujo, e arrematou: "Precisamos de alguém assim aqui". Resolvido, então. Quarteirão 14 tinha ficado para trás. Sentia-me seguro. Mal sabia eu o verdadeiro "tiro" que iria tomar ali. Quando o tiro não vem de baixo, vem de cima.

Aqui estávamos falando do tiro como metáfora, embora, curiosamente, a agourenta área também tivesse a duvidosa distinção de ter tido um dos seus alvejado de modo real e certeiro, um rumoroso caso jamais esclarecido.

Foi nessa época que um trio de gerentes foi montado para definir uma reestruturação sigilosa na área. Era composto pelos dois chefes citados acima e, além disso, um intruso: o narcisista, oportunista e ardiloso "Supergênio", como alguns ironicamente o chamavam, certamente por ser considerado um campeão da autopromoção. Era um exemplo típico daquelas pessoas esquisitas e sem noção, cuja ascensão só se tornou possível pelas condições particularmente tolerantes da Grande Empresa. Tipos estranhos em tempos estranhos.

Depois de aprontar, prejudicando bastante gente, o trio de arrivistas foi receber sua esperada recompensa, mas em vez disso, foi brindado com dispensa da Empresa, tomando um merecido pé no traseiro, com direito a choro, discurso raivoso e ranger de dentes. Quanto maior a altura, mais duro é o tombo. Quem aceita fazer listas acabará em uma, e nem trinta moedas receberá... ♦

O Jardim Zen de Ryoanji

O trem chegou a Kyoto. Já tinha estado aqui e visto os pontos usuais de turismo, mas desta vez voltava com o objetivo específico de conhecer o Jardim Zen do templo Ryoanji, criado há séculos. Era um sonho antigo, já tinha visto tantas fotos dele, mas agora o veria na minha frente. Tive de descobrir como chegar ao templo. Não tinha me preparado adequadamente, tinha ido meio que no impulso, tipo "hoje eu vou lá", e agora me defrontava com a dificuldade de comunicação, pois poucos na rua falam inglês, ainda mais em Kyoto. Com muito custo consegui me informar que deveria pegar um ônibus para ir lá. Cheguei a uma praça cheia de ônibus e entrei em um deles que supostamente passaria perto do templo.

Não foi difícil concluir que eu era o único estrangeiro no ônibus. Quando o ônibus começou a afastar-se da cidade, eu fiquei estressado. Fui perguntando de um a um se alguém falava inglês e só recebia negativas como resposta. Até que uma mocinha disse que, sim, falava inglês. Garantiu-me que eu estava no ônibus certo, mas que ela teria de descer antes do meu ponto e então instruiu o motorista para me avisar o ponto para descer. A paisagem agora era de casas espalhadas entre campos.

Em um determinado ponto o ônibus parou, o motorista apontou para a porta de saída e me falou em japonês, eu não entendi nada, mas desci, e o ônibus foi embora. Não tinha ninguém na rua e começou a nevar. Só vi casas, nenhum comércio. Não estava vendo templo nenhum. Fui caminhando em linha reta, sem convicção. Depois de andar bastante, finalmente vi uma pessoa caminhando, uma senhora. Tinha de tomar cuidado, no Japão um homem usualmente não se dirige a uma mulher estranha. Ao chegar perto, a uns dois metros de distância, inclinei-me, falei o imprescindível "sumimasen" e em seguida "Ryoanji?" E ela me apontou a direção. Foi com muito alívio que, por fim, avistei ao longe o pórtico ornamental do templo.

Há muitos estilos de jardins japoneses. Em todo lugar do mundo tem um "jardim japonês" com um lago com carpas, arbustos e pontinhas. Mas aqui era um estilo diferente, era um jardim "seco", composto de pedras, cascalho e musgo, dentro do minimalismo zen. São 15 pedras, colocadas aparentemente ao acaso, em cinco grupos. Pedras de formas e tamanhos diferentes, retiradas da natureza e não trabalhadas. Basicamente as pedras são irregulares, acinzentadas, parcialmente cobertas por musgo, e estão distribuídas em cima de um retângulo de aproximadamente dez por vinte metros, composto por um leito de seixos polidos brancos. A cada semana o campo de seixos é arado, sempre refazendo os círculos concêntricos em volta das grandes pedras, como a superfície de um lago atingido por pedregulhos. Uma plataforma de madeira, situada na frente do jardim, nos permite ficar sentados nela, admirando o jardim e meditando. Todos guardam um respeitoso silêncio, interrompido pelo soar ocasional de um gongo.

Dizem que originalmente havia 16 pedras no jardim, mas um imperador japonês, ao visitá-lo um dia, comentou que achava uma das pedras especialmente bonita. O monge líder do templo mandou que essa pedra fosse jogada fora. Todos ficaram espantados com a audácia do monge, mas este falou: "Vossa majestade olhava uma pedra, agora olhará o jardim". O imperador então se inclinou em reverência ao monge e disse-lhe: "Obrigado pela lição, Mestre".

A volta foi sem problemas.

Repressão

Perguntaram-me como foi a repressão nos anos 70. Pessoalmente não tenho muitas lembranças. As coisas aconteciam, pessoas sumiam, bancos eram assaltados, armas apreendidas, mas seria tão diferente hoje? Você sai de casa e não sabe se vai voltar. Mas querem que eu me lembre? Não sei por que, mas tentarei.

Eu gostava de jogar xadrez com o Tom, colega de engenharia. Tínhamos papos muito bons. Tom era um sonhador, utópico. Todos nós éramos meio de esquerda, mas sem profundidade. A partir de certa época, Tom mudou, não aceitava mais conversa leve, ficou com aquele papo de esquerda brava. Depois sumiu. Um dia os pais dele chegaram em casa, entraram e perceberam algo estranho. De repente saíram policiais de todos os lados, estavam escondidos atrás de cortinas e móveis, apontavam metralhadoras e gritavam: "Cadê seu filho?" Mas tinham chegado tarde. Tom fugira, passou pelo Chile, e depois teve que fugir de novo, acabou na Holanda. Eram assim as coisas.

Eu costumava ficar à tarde no diretório estudantil conversando, jogando totó, tênis de mesa, e às vezes xadrez.

Esse tal de Lúcio começou a aparecer por lá. Ninguém o conhecia. Não era estudante de engenharia, mas falava que era universitário. Dizia que era perseguido pela polícia por ser da esquerda, tivera que abandonar às pressas a república onde morava, ficara só com a roupa do corpo. Era um sujeito muito magro, de cabelos curtos, rosto pálido e inexpressivo. Passaria despercebido facilmente. Usava uma peculiar camisa xadrez azul e cinza. Perguntava a todos se alguém não poderia hospedá-lo por alguns dias. Sumiu por uns tempos, mas, alguns meses depois, encontrei com ele, por acaso, na Praça Sete. Usava a mesma camisa. Falou que a situação dele continuava a mesma. Parecia alegre. Aí me disse: "Vou para Uberlândia, lá a coisa está boa, muita confusão estudantil". Entregou-se com essa frase inadequada. Deduzi que era provavelmente um agente infiltrado. Concluí que a camisa era um sinal de identificação para a polícia. Agora, observando melhor, eu notava que seu rosto era de uma pessoa mais velha do que eu tinha suposto a princípio. Não pude evitar uma expressão de desgosto. Rápido, despediu-se, sem graça. Nunca mais o vi.

Pois é, são essas as lembranças, de pouco valor. Não tenho realmente muito que contar. Mas já que insistem...

Eu e a D. éramos estudantes, sem grana, mas resolvemos passar o fim de semana no Rio. Ela conseguiu que uma tia a hospedasse, e eu fiquei na casa de parentes meus. O apartamento em que a tia dela morava era em Ipanema, num daqueles prédios antigos, de três andares, sem elevador, sem porteiro e cujo estacionamento era ao longo da lateral do edifício. Já era de noite, e eu estava levando a D. para lá. Caminhamos pela lateral, entramos pela entrada principal e subimos as escadas. Quando estávamos no segundo lance, ouvimos uma violenta freada de carro, que provinha da lateral do prédio. Continuamos a subir, mas percebemos passos apressados subindo a escada. Ficamos assustados, e logo surgiu na escada um homem de terno, de uns quarenta anos, cabelo escovinha, corado e de queixo quadrado, e portava uma pistola na sua mão direita. Subiu até nós e nos encarou com dureza. Não disse nada. Depois de nos fitar por algum tempo, deu meia volta e desceu. Ouvimos o cantar de pneus de novo. Foi então que D. falou: "O filho de minha tia entrou para a clandestinidade e sumiu há alguns anos. Acho que pensaram que poderia ser você". Levei horas para recuperar a calma.

Porque isso é o que acontece na verdadeira repressão, quando mesmo quem não fez nada tem medo. Era o que eu tinha para contar. Foi o bastante?

O Rio de Janeiro continua lindo

Continua mesmo? Eu estou mais propenso a concordar com a poetisa americana Elizabeth Bishop, que declarou: "O Rio de Janeiro não é uma cidade maravilhosa, mas sim um cenário maravilhoso para uma cidade". Eu diria, parafraseando, que é uma cidade que sempre tem algo de maravilhoso, apesar do caos em que se tornou. Portanto não tive nenhuma alegria especial quando fui informado que teria de viajar no dia seguinte ao Rio para fazer uma auditoria técnica em uma pequena empresa que solicitara sua inclusão em nosso cadastro.

O motorista de táxi do aeroporto olhou o endereço e disse: "É na Penha, mas não conheço essa fábrica". Eu só respondi: "Vamos lá, o endereço que eu tenho é esse aí". No caminho passamos pelo Centro e então entramos na Zona Norte, rodamos bastante. Em certo momento, entramos em uma rua não asfaltada, o que me preocupou, porque isso no Rio não é comum. Os locais se viravam para nos ver passar, e finalmente o táxi parou em frente a um galpão velho fechado com porta de ferro. Paguei o táxi, e este rapidamente deu meia-volta e foi-se embora, me deixando ali sozinho.

Apertei a campainha do galpão, mas ninguém aparecia. Finalmente uma pequena placa deslizou no meio da porta, mostrando dois olhos que me fitavam sem dizer nada. Anunciei-me, a pequena placa se fechou, e lentamente a porta de ferro se abriu, rangendo. "Sou Jovelina, a secretária da fábrica. Esperávamos pelo senhor." E dizendo isso me convidou a entrar.

Era um galpão vazio e muito escuro, exceto que no centro havia um homem velho, inclinado sobre uma máquina, com um foco de luz de cima, parecendo com aqueles filmes expressionistas alemães da década de 1920.

Atravessamos o galpão até uma sala, onde ela me pediu para aguardar, que o dono viria conversar comigo. Eis que surgiu o dito, um homem careca, gordinho, baixinho, chamava-se Laurindo, e me cumprimentou efusivamente: "Esperávamos ansiosamente por receber alguém da sua Grande Empresa!" Então comecei meu questionário padrão: "Quantos funcionários a fábrica tem?".

Ele me respondeu: "Três. Eu, a Jovelina e o velho que o senhor viu na máquina".

"Quais os seus principais clientes?"

"Nenhum ainda até agora. Vocês serão os nossos primeiros!"

A coisa não ia bem, mas era preciso continuar. "Quais são seus subfornecedores?"

"Nenhum ainda, pois ainda não começamos a produzir. Contamos com vocês para termos a primeira encomenda."

"Faturamento?"

"Zero por enquanto. Mas logo...".

Mantive-me sério. Preenchi a papelada e despedi-me, pedindo que chamassem um táxi. Mas o Sr. Laurindo me alertou: "É difícil um táxi vir até aqui. Mas não vamos deixá-lo na mão. Fazemos questão de levá-lo ao aeroporto. Afinal, o senhor é uma pessoa muito legal". No caminho acrescentou: "Contamos com o senhor".

Respondi, formal, que os dados seriam analisados e uma posição seria tomada. No aeroporto, despedi-me e afastei-me rápido do carro. Não queria perder o voo de volta de jeito nenhum.

Pensava em como as coisas estavam se complicando no Rio. A fábrica "X", em Maria das Graças, por exemplo. Para chegar lá, você muitas vezes era parado por uma blitz de... bandidos.

Nos fundos dessa fábrica havia um campo de futebol. O pessoal da favela próxima tomou para si o local. Ninguém da fábrica entrava mais lá. Aí chegou um auditor americano e pediu esclarecimentos sobre aquela área que, afinal, pertencia à fábrica. "Não é mais nossa, na prática", foi o que lhe responderam. No momento, a "turma" estava jogando ali uma animada partida. O auditor ficou indignado e deu uma ordem: "Tirem esse pessoal de lá!". Os funcionários foram, mas voltaram logo correndo, debaixo de uma saraivada de balas. O auditor empalideceu e resolveu colocar no seu relatório: "Terreno cedido temporariamente à comunidade local, para a realização de eventos esportivos".

Reclinei-me na poltrona do avião. Assim que o ele decolou, tive de reconhecer que, apesar de tudo, visto de cima, da janela do avião, o Rio de Janeiro continuava lindo.

Neve em Trbovlje

Nevava muito. Mas Marko dirigia rápido, nessa estrada sinuosa dos Alpes da Eslovênia, rumo ao nosso destino: Trbovlje. Anoitecia, e eu observei que havia um carro que derrapara e fora parar no meio do campo, com neve até a janela. Marko não se abalou: "Acontece toda a hora, não se preocupe". Seguimos adiante, e a nevasca se intensificava. Sobre a usina nuclear nas proximidades, perguntei se já havia vazado material radioativo. Marko alçou os ombros e respondeu: "Quem sabe?", que seria sua resposta padrão para a maioria das perguntas. Aprendera a ser cínico e irônico, mas de um modo *light*, para prosperar no socialismo iugoslavo de então. Deixou-me no único hotel de Trbovlje, dizendo: "Amanhã cedo iremos buscá-lo".

No dia seguinte, na fábrica, fui apresentado ao gerente de vendas, o Sr. Milanic, conhecido como "O Coronel". Tinha mais de setenta anos, um físico de atleta e teria na Segunda Guerra, como guerrilheiro, matado um grande número de soldados nazistas. Levou-me para almoçar em um conhecido restaurante local. Conversava de tudo, estivera por toda parte. Tínhamos bebido muito vinho, e eu, inconvenientemente, perguntei-lhe se era verdade que soldados degolados emitiam um ruído estranho, como um gargarejo. Nada se moveu no seu rosto de pedra. Finalmente olhou-me nos olhos e disse: "Quando a faca não está afiada, acontece. Como está seu *sthigolitz*? Gostou?". Respondi que estava ótimo e mudei logo de assunto.

Quando voltei ao hotel, quem estava no balcão era a Roxha, que eu ainda não conhecia. Cumprimentou-me e disse em inglês: "O senhor deve ter tido problemas ontem. Eu sou a única que fala inglês neste hotel".

Roxha era viúva, tinha um filho de nove anos. Seu marido, que trabalhava na usina nuclear, morrera novo, de câncer, poucos anos atrás. Roxha era magra, de cabelos longos e negros, não se parecia com o tipo comum das eslovenas.

Quando desci mais tarde, Marko estava no balcão conversando com Roxha. Um hóspede jovem chamado Andrei também estava no balcão, a uma pequena distância. Roxha puxou uma garrafa de vinho, de debaixo do balcão, serviu uma taça para mim, para Marko e para si mesma, nada para Andrei. "Amanhã é meu dia de folga. Portanto, bebo hoje", disse Roxha. Andrei se afastou. Continuamos conversando enquanto a neve e o vento forte descreviam estranhas espirais brancas nas grandes janelas.

Em certo momento pedi desculpas e subi ao meu quarto. Pela janela, vi dois vultos, que pareciam Marko e Roxha, sair do hotel e desaparecer na nevasca. A noite toda nevou muito forte. De manhã as ruas e vias estavam obstruídas. Só à tarde foi possível chegar à fábrica. Quem me acompanhou nesse dia foi Mehmedovic, da área de vendas. Era um bósnio muçulmano afável, culto e conversado. Imagino que tenha se dado mal na dissolução da Iugoslávia, mas espero que não.

Nas minhas viagens a fábricas sempre apreciei o pessoal de vendas, criativos e interessantes como pessoas. Já o pessoal de compras, eu os via como banais, sempre determinados a levar sua irrelevância a uma forma de arte.

Terminaram os ensaios em fábrica, e agora iríamos ao laboratório do CESI, em Milão, para o último ensaio de aceitação. De manhã cedo, com Mehmedovic dirigindo, descemos os Alpes eslovenos, no meio de nevascas. Duas horas depois chegamos ao mar Adriático, passando perto de Trieste. Aqui o céu estava azul, embora o ar continuasse frio, e víamos ao longe as nuvens espessas que ainda pairavam sobre os Alpes.

As neves de Trbovlje, eu não as veria mais.

A ocupação

Chegaram de madrugada, como sempre faziam. Era preciso ter o fator surpresa, invadir antes que as pessoas da fazenda notassem. Chegaram em dois caminhões abertos, umas cinquenta pessoas, desceram e caminharam rápido para o ponto onde instalariam o acampamento, carregando todo o material consigo. Em pouco tempo montaram as doze barracas, conforme o planejamento do Movimento. Tiraram fotografias do conjunto e enviaram um mensageiro rapidamente para registrar a ocupação junto às autoridades. A partir daí só poderiam ser retirados com ordem judicial. E enquanto isso receberiam bolsas-alimentação, vários tipos de assistência social, mantimentos etc.

Laudelino sempre admirava a precisão militar do Movimento. Seus membros tinham pessoas acompanhando os processos, identificando vulnerabilidades, neste caso uma área que estava em litígio entre dois fazendeiros. Isso dificultaria o pedido de reintegração de posse. O Movimento era organizado de tal modo, que não tinha uma personalidade jurídica única. Seus membros participavam de pequenos grupos, cada um com sua identidade, e, embora funcionasse como um movimento organizado único, era juridicamente composto de um monte de pequenas entidades, cada uma das quais teria que ser processada individualmente, o que dificultava a ação contra elas. Nessa invasão, por exemplo, havia pessoas de cinco entidades diferentes.

Laudelino tinha participado de várias ocupações. Sempre dava para tirar um dinheirinho, e era até divertido. Morador da periferia de sua cidade, era pedreiro de profissão e vinha para completar sua renda, embora não fosse um trabalhador do campo. Mas não havia tantos camponeses "autênticos" disponíveis como o Movimento queria, então apelavam para as periferias. Ferreira, o líder de invasão, tinha lhe avisado que, caso alguém o questionasse, ele deveria confirmar que era um trabalhador rural. Principalmente se a pergunta fosse feita por jornalistas.

Ferreira tinha, como um líder, participado de vários cursos do Movimento, até de alguns não oficiais promovidos na Universidade, na Capital. Tiveram aulas sobre a legalidade e os procedimentos para invasão e ocupação de terra, que supostamente atenderiam às normas legais.

O duro da ocupação era ficarem dias e dias acampados nessa terra seca sob o sol bravo. Ferreira inventava algumas atividades, mas o pessoal foi ficando cansado. Nesse caso tinham escolhido mal o local, ficaram isolados, e nem o pessoal da fazenda veio para chatear eles. Era preciso fazer alguma coisa. Ferreira, após consulta ao Movimento, resolveu agitar as coisas, e mandou um grupo bloquear a estrada que ligava as duas partes da fazenda, mandando para lá Laudelino com a metade do grupo.

Bloquearam a estrada, levantaram as faixas e ficaram esperando. Aí surgiu uma velha D-20, caindo aos pedaços. Conduzida pelo velho fazendeiro vizinho, o Seu Ôncio, com seus 95 anos bem vividos. Pararam o carro, e a turma do Movimento ficou batendo os facões, cantando "o povo unido...", sei lá o quê.

Mas Seu Ôncio, naquele calorão, começava a passar mal, e a turma batendo facão sem parar, falando "a terra é nossa" e "aqui ninguém passa". Foi aí que o Laudelino reconheceu Seu Ôncio, que já lhe tinha feito grandes favores: "Que prazer, como vai o senhor? Deixem-no passar, é gente boa".

Depois que o Seu Ôncio foi liberado, o Ferreira chegou bufando: "Como é que você libera um latifundiário?". Laudelino explicou: "É um homem de 95 anos, gente boa". Mas Ferreira retrucou: "Não pode existir amizade entre camponeses e proprietários rurais!".

Laudelino, agora nervoso, gritou: "Ferreira, esse povo que te deu aula na Capital é gente normal mesmo? Pois não parece!".

E foi assim, segundo o próprio Laudelino me contou, que o Movimento perdeu um dos seus mais fiéis seguidores.

O homem que amou demais

Tio Eduvaldo era hábil com as mulheres. Isso não seria nada demais se o ano não fosse 1950, ele não estivesse no Nordeste e seduzindo a filha virgem de um coronelzão. Hoje não há mais coronéis, e são mais raras as virgens, mas eram outros tempos, e ele teve que voltar voando para o Rio. Ficou escondido seis meses em casa de amigos, até que os dois jagunços mandados pelo coronel tivessem desistido de encontrá-lo e retornado ao agreste.

Algum tempo depois se apaixonou pela fogosa Cyrene. Dizem que era linda, parecia uma miss. Resolveram se casar, mas o pai dela, uma semana antes do casamento, o chamou para uma conversa particular. "Eduvaldo, não se case com minha filha", disse ele, e acrescentou: "É um demônio". Mas ele estava enlouquecido por ela, e casou-se. Um mês depois do casamento, chegou à casa e a encontrou vazia. Sua "deusa" tinha chamado um caminhão de mudanças, tirado tudo e fugido com o amante, um radialista conhecido.

Agora desquitado, sem poder se casar de novo, ele encontrou seu novo amor na Heloísa, também desquitada, que, segundo minha avó, "foi a única mulher digna que ele encontrou!". Após alguns anos, veio a morar com o casal uma sobrinha da Heloísa, uma moça nova, de olhos tristes e longos cabelos negros. Heloísa estranhou que se dessem tão bem, e seus piores medos se confirmaram quando chegou à casa fora da hora habitual e encontrou os dois em intimidade flagrante. Colocou os dois para fora de casa. "Foi o maior erro da minha vida", diria depois o tio Eduvaldo.

Fora esse problema com as mulheres, tio Eduvaldo era ótima pessoa. Sociável, falante, brincalhão e cheio de amigos. Tinha ficado careca cedo, era alto e forte, e cultivava um farto bigode em "V" inverso. Andava sempre muito alinhado e gostava de dar presentes aos outros, especialmente a nós, seus sobrinhos, pois não tivera filhos.

Aí ele conheceu Isabela, uma pequena suburbana, vendedora da Sloper. Ele a viu na rua, em frente a uma loja de joias, olhando perdidamente para a vitrine. Ele se encantou, aproximou-se dela e perguntou: "O que você está olhando?". E ela respondeu: "Aquele colar, que eu nunca vou poder ter". Ele, naquele estilo próprio dele, ponderou: "Vai, sim, vou te dar ele agora. Vamos entrar na loja?".

Meses depois fomos convidados ao apartamento que ele e Isabela tinham passado a morar. Parecia feliz. Ela, nem tanto. Mas nada que chamasse muito a atenção. Passaram-se alguns anos, eu já não morava mais no Rio, e fiquei sabendo que ele desenvolvera um câncer incurável. Isabela sumira, limpando as contas bancárias e deixando um recado: "Cuidem dele, não aguento mais".

Minhas tias se revezavam com ele, que já sabia o inevitável, e não se conformava. Dizem que gritava: "Eu não quero morrer! Eu amo a Vida!". Para ele a Vida era como mais uma de suas mulheres, que ele tanto amara, que de maneira tão intensa o seduziam e então o traíam ou o abandonavam. Percebia, tarde demais, que para quem muito amou não haverá perdão.

Jung e a arte

Jung sempre incentivou os seus pacientes a desenhar ou pintar as imagens que apareciam em seus sonhos. Para ele, a forma era significativa e não apenas o conteúdo que pudesse ser extraído dessas representações. Sua ligação com a arte não encontra paralelo em Freud, que a considerava uma sublimação neurótica. Esta posição foi criticada por Jung como sendo o equivalente a considerar a obra de arte como uma doença. Afinal, considerar que as neuroses de um artista influenciaram a sua arte não explica o apelo que a grande obra exerce sobre tantas pessoas. Para Jung a Grande Arte apresenta-se como uma mensagem do inconsciente coletivo para toda a humanidade. Trata-se, portanto, de *canalização* e não de *sublimação.*

Devido ao excesso de energia psíquica consumida por tão grande tarefa, esse processo pode provocar um desequilíbrio da personalidade. Assim, para Jung, a atividade artística, em seu nível mais alto, pode alterar a mente do artista, levando-o a neurose, se seu psiquismo não estiver forte o bastante. Para Freud, ao contrário, são as neuroses que explicam a obra de arte.

A influência de Jung é muito marcante nas artes, por seu entendimento de que a criatividade é uma força positiva única e especial. Jung alertou para a força das imagens e a tremenda carga psíquica de que podem estar possuídas. Jung foi um grande incentivador da arte como terapia, insistindo que a realização e a contemplação dessas expressões plásticas tinham um efeito terapêutico importante.

A mandala, figura muito utilizada para meditação no budismo tântrico tibetano, foi identificada por Jung como o símbolo da totalidade psíquica. Segundo ele, esse motivo aparece frequentemente nos sonhos das pessoas na crise inicial que precede o processo de individuação. Surge ocasionalmente também em desenhos de psicóticos. E aparece como símbolo de uso comum em épocas de crise em muitas culturas.

Jung localizou figuras similares em quase todas as culturas e valorizava muito seu sentido universal. Ele também pintou uma série de mandalas, e algumas dessas figuras estão representadas na sua obra *Os Arquétipos e o Inconsciente Coletivo*. Desenhar ou pintar mandalas, segundo ele, teria um grande e importante efeito terapêutico. Os vitrais de rosáceas das catedrais góticas seriam um exemplo do uso religioso das mandalas. Ironicamente, para o observador atento, há muito mais mandalas que cruzes nas igrejas, embora não reconhecidas como tal.

Jung deparou-se com a enorme quantidade de material mitológico contido nas alucinações dos psicóticos internados no hospital psiquiátrico de Burghölzli, material para o qual ninguém antes tinha prestado atenção. Ele percebeu que, muito além de ser apenas um sintoma, essas visões poderiam estar sinalizando uma tentativa de cura da própria mente.

Nise da Silveira, brilhante psiquiatra brasileira, utilizou muito a arte-terapia com os internos do hospital do Engenho de Dentro. Entusiasmada com as ideias de Jung, encontrou-se com ele em Zurique. Depois de uma longa conversa, Nise perguntou: "Meus pacientes pintam, mas aquilo não faz sentido". Jung fez uma longa pausa. E, fitando-a nos olhos, respondeu: "Estude mitologia".

Nise passou a ver com novos olhos os trabalhos de seus pacientes. Sim, ali estavam os deuses e demônios, seus enigmas, rituais e celebrações e as estranhas visões que provocavam, tudo colocado nessas obras hoje famosas e que são exibidas no Museu do Inconsciente. Essa atitude frente aos delírios acabou se disseminando pelas várias instituições psiquiátricas do país, tendo como exemplo mais famoso o de Arthur Bispo do Rosário, embora o mesmo não estivesse diretamente ligado a Nise da Silveira.

Arthur Bispo do Rosário, artista, negro, pobre, gênio, hoje é tema de artigos e livros, um fenômeno cultural, exposto na Bienal de Veneza e eternizado no campo das artes. O seu "Manto para encontrar com Deus" é uma obra que emociona, arte em estado puro, absoluto, o ponto máximo de um processo de ressignificação da loucura, de redenção daqueles que não tiveram voz, mas mantiveram a chama do contato direto com a essência divina.

O grande pintor Van Gogh, em carta a Gauguin, lembra que a arte deve ser procurada no mais profundo de nossa alma, como um diamante escondido no interior da terra. Essa posição é muito semelhante à de Jung. A arte aqui não é sublimação, fuga, mas, sim, encontro, descoberta. Nesse caminho para dentro, a primeira camada encontrada é semelhante ao inconsciente proposto por Freud, ou seja, um depósito de sentimentos negativos recalcados. É quando se consegue passar para além desse ponto e continuar a viagem que se chega ao reino da arte, do sublime, da espiritualidade e da transcendência, da unidade com o cosmos.

A palestra

O estrondo das ondas quebrando, a água azul turquesa, fria no ponto certo para espantar o calor, uma brisa suave, um sol cálido no céu azul sem nuvens. Um dia maravilhoso como tantos outros dias. Aliás, como todos os dias há duzentos anos. Ou seriam trezentos? O professor Vilnius sentou-se na espreguiçadeira, ao lado de sua querida Cora, que já estava deitada, bronzeando-se. Ela virou-se de lado e perguntou-lhe: "Não é hoje o dia de sua palestra?". Era, mas ele tinha esquecido, era tão fácil esquecer as preocupações nesse mundo perfeito em que viviam. "Virão me buscar daqui a pouco", disse, à guisa de uma resposta. Pouco depois chegou o táxi-drone pousou gentilmente ao lado deles e uma voz metálica convidou-o a entrar no veículo.

Todo o ano Professor Vilnius era convidado para fazer uma palestra no dia de comemoração da instalação da Grande Entidade Protetora, chamada de G.E.P., que geria o planeta Terra e a humanidade – ou o que restara dela – através do dom supremo da Inteligência Artificial Total. Os humanos agora viviam em reservas, tendo todas as suas necessidades atendidas. Às máquinas cabia fazer funcionar o Todo, sem nenhuma necessidade de intervenção humana, como previra o Professor Vilnius em uma palestra em 2030, que todo ano era convidado a repetir.

A G.E.P. concluíra que os humanos tinham necessidade psicológica de interatividade com uma pessoa física. Assim, em vez de uma gravação 3D, o Professor era chamado para fazer a palestra todo ano, ao vivo, uma concessão à psique estranha dos humanos, que os tecno-seres tinham aprendido a respeitar.

Já dentro da Esfera de Comunicação, para a Terra inteira, o Professor Vilnius começou mais uma vez repetindo exatamente sua fala de 2030, no passado distante:

"Cometemos um erro, concentrando-nos apenas em considerar a evolução nos seres humanos. Na verdade, a evolução tinha uma agenda oculta, que era aumentar a complexidade do mundo como um todo. O alvo principal, numa perspectiva mais ampla, não se limitava à biologia, porque a evolução é apenas uma parte do próprio poder de auto-organização do Universo."

"A complexidade deste mundo está avançando rapidamente na frente tecnológica. Isso significa que a evolução, tendo criado os seres humanos, agora simplesmente nos usará como ferramentas para criar, através da tecnologia, o próximo passo, que é um mundo de inteligência artificial, de tecno-seres, que dominará o mundo e nos descartará, como irrelevantes. Os humanos cometeram um grande erro ao considerar que a evolução sempre funcionaria para melhorar a humanidade. Pode ter sido assim por certo período de tempo, mas o objetivo real era para criar uma inteligência cada vez mais complexa.

Eu acho que o próximo passo é criar inteligência além do que os humanos podem ter. Bem-vindo ao mundo dos tecno-seres. Poucas pessoas percebem que o trabalho da evolução deslocou-se para a tecnologia e não é mais estritamente biológico. Quando finalmente se chega a um nível de inteligência artificial pelo menos igual ao dos humanos e incluindo-se aí a autoconsciência, os humanos podem, de certo modo, não ser mais necessários. Nós podemos vir a ser considerados como apenas um fardo. A evolução teria alcançado seu objetivo final: a criação de seres tecnológicos realmente capazes de conquistar o Universo, livre de restrições biológicas. Os humanos teriam apenas desempenhado o papel de seres intermediários. Ao usar a humanidade como um trampolim, tecno-seres inteligentes e computadorizados, pensantes e sencientes, serão capazes de projetar-se e construir-se e substituirão a humanidade e alcançarão as estrelas. Não nós, mas nossa inteligência cooptada estará liderando essas viagens. Nós, no entanto, vamo-nos transformar em biomáquinas descartáveis, caindo lentamente no esquecimento, mantidas em algum tipo de reserva."

Vilnius pausou e retornou ao seu lugar determinado, acompanhando na multidão de telas que o rodeavam as reações das pessoas no mundo inteiro. No retorno à sua amada praia, o táxi-drone perguntou, com sua voz sintética: "Ansioso para chegar ao seu paraíso, Senhor?". Paraíso era como o G.E.P. chamava as reservas. "O tempo lá está ótimo, acabei de verificar." Vilnius ficou em silêncio por um momento e depois disse: "Como sempre. Por toda a eternidade".

Ficou a pensar em Cora e nele mesmo com seus corpos de vinte anos, apesar dos séculos de existência dos dois. Havia um preço a pagar por tudo, mas a vida eterna sem preocupações não é o que a humanidade sempre quis? Não sabia por que, mas na sua mente tinha surgido uma dúvida, uma inquietação que não queria e não iria se dissipar.

O último voo noturno

Não havia GPS. Navegava-se, então, pelas estrelas. Tinha-se que utilizar o sextante e mirar os astros, como era o caso naquele pequeno avião de reconhecimento. As nuvens não eram tanto o problema, pois normalmente ficavam abaixo de cinco mil metros, tendo acima o céu estrelado, como estava naquela noite, acima do Canal da Mancha, em sete de maio de 1945. Mas os aviões alemães já não apareciam como antes. Havia rumores de rendição iminente da Alemanha nazista. Os radares ingleses podiam localizar grandes formações de aviões, mas os lobos solitários eram difíceis de detectar, era preciso estar atento. De repente, pelo rádio: "Tenente Borten, missão cancelada, retorne à base". Meu pai se assustou ao ser chamado assim pelo nome, porque era uma violação dos protocolos de segurança. Preocupado, manobrou para retornar. Atravessou a barreira de nuvens, surgiu em voo baixo. As cidades estavam iluminadas! Mas como, não respeitavam o *blackout*? Ele, com o coração disparado, aterrissou na base em Devon. A base estava toda iluminada! Seus camaradas se aproximavam do seu avião, agora parado, cantando e dançando. Gritavam: "A Alemanha se rendeu! Hurra!".

A base tinha virado uma festa, as pessoas choravam e se abraçavam. Na realidade a rendição oficial seria assinada algumas horas depois, mas isto não importava mais. Tinham vencido, era tudo. Garrafas de uísque apareciam de todos os lados. Pegaram uns caminhões vazios e foram para Londres, que tinha acordado em festa, havia um milhão de pessoas na rua. As mulheres abraçavam os militares, ter uma farda naquele momento assegurava beijos e vantagens adicionais. Essa grande festa durou três dias. Depois disso, o primeiro-ministro Churchill foi ao rádio fazer um discurso público, pedindo que todos voltassem a trabalhar, havia muito que fazer. E foi desse jeito, para o meu pai, que a guerra acabou.

A casa do lago

Na burguesa, republicana e pacata Suíça surgiu uma alternativa para a psicologia sem alma de Freud, formulada por seu contemporâneo, colaborador e depois rival Carl Gustav Jung. Sob a calma superfície majestosa dos lagos da Suíça, correntes de inquietações fervilhavam, forças antigas e poderosas que muitos julgavam desaparecidas.

É na beira do lago de Zurique, em Bolligen, que Jung resolveu construir a sua casa de campo, estranha residência, sem luz elétrica e sem água encanada, com uma arquitetura ditada pelos seus sonhos e cujas paredes internas encheram-se de pinturas místicas.

Era nessa casa que Jung se isolava, preparando sua própria comida, na cozinha circular da torre. Às vezes, no outono, as brumas apareciam trazendo as vozes dos antepassados e, então, por instantes mágicos, o futuro, o presente e o passado misturavam-se, e o murmúrio das pequenas ondas do lago falava da eternidade. Os deuses egípcios traziam seus presentes e Wotan passava ao largo, conduzindo seus guerreiros de faces pálidas.

E então, uma tarde, em sua residência urbana em Zurique...

O tempo quente e seco criara uma atmosfera pesada e inquietante, prenúncio daquelas rápidas e intensas tempestades de verão, comuns na região de Zurique. Alguma coisa parecia prestes a explodir, e uma enorme ansiedade se apossava das pessoas na casa.

Duas xícaras, sem que ninguém tivesse se encostado a elas, tinham saltado no ar e se espatifado no chão. Jung se inquietava, apesar de ter sido avisado em sonhos. Nesse momento a sineta da porta soou duas vezes. A governanta abriu a porta a tempo de ver a sineta se mover sozinha, por uma terceira vez, mas não havia ninguém lá fora. Voltou assustada para informar ao seu patrão, que apenas acenou com a cabeça, em um vago sinal de apaziguamento. Jung compreendeu que eles tinham chegado. "São os mortos, que voltaram de Jerusalém", murmurou.

Ali em Bolligen atuava a personalidade número dois de Jung, o Grande Mago do Inconsciente. Quando retornava a Küssnacht, contudo, ele readquiria sua personalidade número um, o respeitado e famoso psiquiatra suíço atendendo ao grande número de pacientes que vinham do mundo inteiro.

Jung nos faz lembrar o poeta persa Omar Khayyam, no século XIII, que combinava um misticismo difuso com "vinho, mulheres e música". Nota-se certa percepção dos arquétipos em alguns poemas de Omar Khayyam, como no seguinte:

Sinais do Destino, do Bem e do Mal,
Foram gravados em nossa mente
Pelas mãos do Invisível;
De nada adianta se lamentar,
Pois eles permanecerão para sempre.

O maior legado de Jung é a constatação de que a psique humana evolui sem cessar, mesmo na velhice. É como se a nossa vida estivesse sendo configurada por um mito pessoal, uma lenda que desse sentido a tantos fragmentos. Na realidade essa descoberta da lenda pessoal se confunde, em parte, com a tradicional busca do sentido da vida, que sempre assusta as pessoas como sendo um caminho complicado e difícil.

Por que não simplesmente fugir de tudo isso e anestesiar-se com as várias terapias de felicidade existentes hoje em dia, congelando essas transformações ameaçadoras? A resposta seria a mesma que para aqueles que querem permanecer como uma eterna criança: isso simplesmente não é possível, em longo prazo.

Aqui fica bastante clara a diferença entre procurar a felicidade e entender o seu destino, o seu chamado pessoal. Não é possível evitar as sombras, nem mesmo deixar de ver a luz que as provoca. Podemos até ficar parados, mas o caminho à nossa frente estará sempre nos aguardando.

AUTOR George Borten
PROJETO GRÁFICO E DIAGRAMAÇÃO Conrado Esteves
IMAGEM DE CAPA "Noturno", obra de George Borten
REVISÃO Valter Braga

EDITORES Alencar Perdigão
Cláudia Masini
Luciana Tanure

Esta é uma obra de ficção, portanto qualquer semelhança com pessoas ou fatos reais é mera coincidência.

Catalogação na Publicação (CIP)

Borten, George
B739 O canal de Dotonbori e outras histórias / George Borten. - Belo Horizonte : Quixote+Do Editoras Associadas, 2020.
136 p.
ISBN 978-65-86942-00-2
1. Contos brasileiros. I. Título.
CDD: B869.3

Bibliotecária responsável: Fernanda Gomes de Souza CRB-6/2472

Quixote+Do Editoras Associadas
www.quixote-do.com.br

[1ª edição 2020]
Essa obra foi composta em Bembo e impressa
em papel Pólen Bold 90g. na Artes Gráficas Formato
para a Quixote+Do Editoras Associadas.

MISTO
Papel proveniente de fontes responsáveis
FSC® C092828

PRINTED WITH SOY INK